16ª edição

Graziela Bozano Hetzel

ENTRE LINHAS
MISTÉRIO

O estranho caso da caverna

Ilustrações: Ivan Zigg

Conforme a nova ortografia

Atual Editora

Série Entre Linhas

Editor • Henrique Félix
Assistente editorial • Jacqueline F. de Barros
Preparação de texto • Lúcia Leal Ferreira
Revisão de texto • Pedro Cunha Júnior (coord.)/Irene Incao
Camila R. Santana/Edilene M. Santos

Gerente de arte • Nair de Medeiros Barbosa
Coordenação de arte • Marco Aurélio Sismotto
Diagramação • Valdir Zacarias da Silva
Projeto gráfico de capa e miolo • Homem de Melo & Troia Design
Produção gráfica • Rogério Strelciuc
Impressão e acabamento • PSI7 - Printing Solutions & Internet 7

Suplemento de leitura e projeto de trabalho interdisciplinar • Shirley Gomes

Dados Internacionais de Catalogação na Publicação (CIP)

Hetzel, Graziela Bozano
O estranho caso da caverna / Graziela Bozano Hetzel ; ilustrações Ivan Zigg. – 16ª ed. – São Paulo : Atual, 2009. – (Entre Linhas : Mistério)

Inclui roteiro de leitura
ISBN 978-85-357-0440-2

1. Literatura infantojuvenil I. Zigg, Ivan. II. Título. III. Série.

CDD-028.5

Índices para catálogo sistemático:

1. Literatura infantojuvenil 028.5
2. Literatura juvenil 028.5

10ª tiragem, 2017

SARAIVA Educação S.A.
Avenida das Nações Unidas, 7.221 – Pinheiros
CEP 05425-902 – São Paulo – SP
www.editorasaraiva.com.br
Tel.: (0xx11) 4003-3061
atendimento@aticascipione.com.br

CL: 810361
CAE: 602676

Para Lucia e Pedro,
que sempre me dão ideias.

Sumário

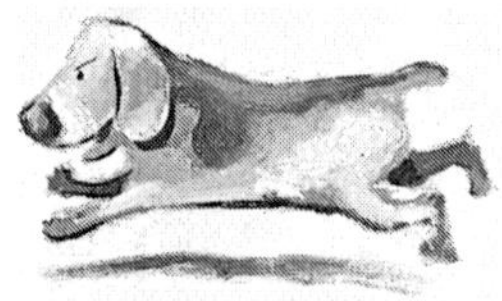

O homem baixo e atarracado assentou o último tijolo. Deu umas pancadinhas com o cabo da colher de pedreiro para que ficasse bem encaixado. Alisou a massa com cuidado, a espátula fazendo desaparecer uma pequena falha. Afastou-se um pouco. Enviesou a cabeça, examinando o resultado.

A entrada da caverna estava lacrada.

Soltou uma gargalhada que gelou o sangue de Felipe.

Uma caverna na Barra da Tijuca

O ônibus se arrastava no Elevado do Joá. O acesso ao túnel todo engarrafado.

Felipe conseguira um lugar na janela. Não via a hora de passar em frente da caverna.

Engraçado como as pessoas andam desligadas. Ninguém olha por onde está passando. Quer dizer, olhar olham, mas só pra ver se ainda falta muito para chegar.

Felipe, não. Vai de olho grudado na paisagem, vendo tudo, descobrindo coisas, dando asas à imaginação.

O Rio de Janeiro é uma cidade cheia de contrastes. Numa hora você está no meio de arranha-céus colados uns aos outros; dali a pouco, vira uma esquina, atravessa um túnel, e lá estão as montanhas, o mar, a floresta.

Para Felipe, ir olhando o caminho por onde está passando virou um jogo, uma mania. E foi por causa dessa mania que tudo aconteceu.

Elevado em obras, engarrafamento certo toda manhã. Felipe, indo para o colégio, aproveitava para examinar os arredores. No trecho inicial do Elevado, vê-se, de um lado, parte da Praia da Barra da Tijuca, do outro, a Pedra da Gávea. Mais adiante, o Elevado vai ficando espremido entre as encostas da Pedra da Joatinga, onde o túnel foi cavado. Numa certa manhã, Felipe percebeu uma mancha escura na encosta da Pedra da Joatinga. Ajeitou melhor os óculos. Que diabo era aquilo? O ônibus levou séculos para chegar perto da tal mancha misteriosa. Quando se aproximou, o menino meteu a cabeça pra fora da janela. No meio do mato queimado pela seca, a mancha tomou forma: *A entrada de uma caverna!* O danado do motorista, justo nessa hora, encontrou uma brecha no trânsito e acelerou. Felipe virou a cabeça até dar um nó. Já era. Tinha ficado pra trás.

No colégio, a imagem da caverna foi crescendo na cabeça de Felipe. Virou um enorme ponto de interrogação. Uma caverna pertinho da sua casa e ele nunca ouvira falar dela. Que coisa mais estranha... Será que ninguém conhecia? Ficava perto da praia. Teria sido um esconderijo de piratas? Piratas, fantasmas, tesouros, esqueletos... Tinha que dar um jeito de ver aquilo de perto.

Durante o resto da semana, aproveitou os engarrafamentos para estudar o local. Na sexta-feira já tinha o plano todo na cabeça. Marcou o domingo, na agenda, com um grande círculo vermelho.

Duas visitas à caverna

Manhã linda de sol. O pai tinha saído cedinho para pescar. A mãe trabalhava nos canteiros do jardim, as mãos enfiadas em luvas grossas de pano. Felipe chamou Biscoito, colocou a coleira e foi saindo de fininho. A mãe, distraída, misturando um adubo fedorento na terra, nem percebeu.

Felipe deixou Biscoito dar umas farejadas e depois, certo que a mãe não havia notado a sua saída, apressou o passo. A caverna não ficava muito distante, mas o acesso era meio complicado.

O sol estava ficando cada vez mais forte. Felipe suava enquanto subia a pequena trilha que tinha descoberto. A trilha era outra coisa esquisita, por isso havia levado Biscoito. Um *beagle* não é um cão de guarda, mas é melhor do que nada. Os óculos escorregavam nariz abaixo, o sol e o nervosismo fazendo o calor aumentar. Finalmente, meio arrastado pelo cachorro, se viu na entrada da caverna.

Conteve Biscoito, segurando a guia da coleira bem junto do corpo. Não enxergava nada lá dentro. Os olhos, cegos pela claridade do dia, faziam a escuridão maior. Com dificuldade, pescou dentro da mochila a minilanterna japonesa. Empurrou o botão para a frente, um facho de luz bem forte se espalhou. Como era grande! Muito maior do que ele podia imaginar. Parecia deserta, de piratas nem sinal. De repente, Biscoito deu um puxão na guia e se projetou para um canto escuro, rosnando. Felipe gritou, mas já era tarde. A guia escapuliu da mão suada e, de quebra, a lanterna caiu, e saiu rolando pelo chão. Biscoito estava lá dentro, latindo e rosnando. Cachorro maluco! Felipe não sabia o que fazer.

– Biscoito!! – gritou, com uma voz esganiçada. Nem parecia a sua.

O cachorro continuava latindo. Não era com ele. Felipe agora sentia frio. Um frio esquisito, que foi crescendo, fazendo os dentes baterem uns contra os outros, enquanto a imagem de um esqueleto vestido de pirata dançava na sua frente.

"Biscoito, Biscoitinho, volta aqui pelo amor de Deus!"

Nada, o cachorro não ouvia a sua voz nem o seu pensamento. Ou entrava na caverna, pegava a lanterna e descobria o que estava acontecendo, ou ia ficar lá o dia inteiro esperando Biscoito voltar.

Jogou a cabeça para trás, respirou fundo, fez um sinal da cruz (o mais tremido da sua vida) e entrou.

Abaixou rápido, pegou a lanterna e dirigiu o facho de luz para o tal canto.

Primeiro não viu nada. Mas logo em seguida ouviu um barulho esquisito e alguma coisa passou voando rente à sua cabeça. Morcegos!! Felipe se agachou, enquanto Biscoito, enlouquecido, corria pra todos os lados.

Depois de alguns minutos de sufoco, os morcegos se aquietaram, no que pareceu a Felipe o segundo andar da caverna.

Agarrou firme a guia do cachorro e foi saindo, de pernas bambas.

– Pra mim chega!

O *beagle* protestava, tinha encontrado mais alguma coisa.

A contragosto, Felipe parou. Uma camiseta desbotada, uma faca pontuda e brilhante, duas latas vazias de salsicha, um par de sandálias de dedo. Nada a ver com piratas ou fantasmas, uma coisa bem real. Biscoito deu uma boa cheirada e começou a uivar. O coração de Felipe deu um pulo. Olhou o mostrador do relógio de pulso. Já era muito tarde, decidiu. A mãe é desligada, mas é melhor não abusar. Dou um jeito de voltar na semana que vem. Descobrir se algum maluco vive aqui com os morcegos.

●

Quando foi pela segunda vez à caverna, não levou Biscoito. O cachorro tinha atrapalhado mais do que ajudado, da outra vez.

Munido da lanterna e de um canivete suíço, Felipe escapuliu de casa dizendo que ia à praia. As provas mensais haviam acabado.

Com cuidado, por causa dos morcegos, foi iluminando a caverna. O canivete no bolso da bermuda, dando coragem.

As latas de salsicha tinham sumido, substituídas por alguns pacotes vazios de biscoito, uma barra de chocolate meio comida e dois cotocos de vela.

Em um canto, encontrou um colchão velho, roupas, um abridor de latas e algumas revistinhas.

"Não é que tem mesmo alguém se escondendo aqui? Só pode ser um maluco pra morar nesse buraco escuro e fedorento. Ou, então, um bandido!" Apalpou o canivete, nervoso.

Deu mais uma investigada, sem sucesso. O segundo andar nem pensar. Aquilo devia estar cheio de morcegos ou coisa pior! Começou a se sentir abafado, um suor frio descendo pelo rosto.

Desceu a trilha correndo e foi para a praia.

No mar, esqueceu a caverna, as velas, a faca, o colchão, tudo.

Só quando chegou em casa e foi guardar o canivete, deu por falta da lanterna. Ia ter que voltar lá de novo. Tomara que o amigo dos morcegos não encontrasse a lanterna antes dele!

Grade, parede... Por quê?

Dona Helena cantarolava, as mãos cobertas de farinha sovando a massa de pão. De vez em quando parava, o olhar perdido no canteiro de azaleias que via pela janela da cozinha.

"Como as azaleias estão bonitas! Deus queira que o Francisco não esqueça de trazer o filme. Amanhã mesmo vou tirar umas fotos!"

Pela décima vez afastou a mecha de cabelos, que teimava em cair no olho. Ficou com o nariz todo branco de farinha.

Felipe entrou na cozinha como um foguete.

Dona Helena abriu um sorriso enorme. O sorriso murchou no mesmo segundo. Felipe estava gritando:

– Cadê o Biscoito?

– Biscoito?! Não, não, Felipe. Eu estou fazendo pão, mas ainda não está...

– O Biscoito, mãe!! Cadê??

– Ai, meu Deus! Eu estou fazendo pão, Felipe! *Pão*!!

– O *Biscoito*, mãe! *Meu cachorro*!!

– Ah... O Biscoito... Sei lá, Felipe! Deve estar por aí. Você anda tão nervoso...

Felipe já tinha saído ventando.

Rodou a casa toda, o jardim inteiro. Por fim, agoniadíssimo, resolveu olhar a casinha de cachorro. Biscoito sempre esnobara a casinha. Preferia dormir nos lugares mais esquisitos. O pai de Felipe ficava danado. Perda de tempo e de dinheiro fazer aquela casinha tão caprichada. Mas hoje lá estava ele, dormindo ferrado.

– Acorda, preguiçoso! – Felipe sacudia o *beagle*, que parecia dopado.

Afinal, Biscoito abriu um olho. Deu uma espreguiçada, suspirou e se ajeitou melhor. O olho fechou devagar.

– Droga, Biscoito! Isso é hora de dormir? – Puxou o cachorro pra fora.

Biscoito fazia corpo mole. Felipe se desesperava. Afinal, desistiu. A investigação teria que ficar para o dia seguinte.

À noite, deitado na cama, ficou olhando a parede de tijolos aparentes do quarto. Pensando na caverna. Não conseguia tirar aquilo da cabeça.

Quando voltara lá, pra procurar a lanterna, dera de cara com a grade de ferro. Surgida do nada. Barrando a entrada. Grade apertadinha, não dava nem para enfiar o braço entre os vãos. Não conseguira descobrir um motivo para aquilo, por mais que desse tratos à bola. Ficara zanzando por ali, o mistério da caverna pregando os seus pés no chão. O homem aparecera pouco depois. Felipe ouvira um barulho, e se jogara atrás de uns arbustos. Ficara escondido, vendo o homem calmamente levantar a parede de tijolos. O material estava todo ali mesmo, camuflado no meio do mato. O homem trabalhava rápido. Logo estava tudo fechado. Grade, parede... Por quê? E aquela gargalhada? Alta, meio louca. Só de lembrar, sentiu um arrepio correndo pelas costas.

O vento balançou uma árvore ainda sem folhas diante da janela aberta. O luar projetou a sombra de seus galhos na parede do quarto. Parecia uma mão descarnada, saindo do meio dos tijolos.

Felipe arregalou os olhos. O arrepio virou um grito estrangulado que só Biscoito ouviu. Veio uivar embaixo da janela.

Na delegacia

O delegado Fonseca estava agitado.

As sobrancelhas grossas se uniam na testa franzida, enquanto batucava nervosamente na mesa.

"Não estou gostando desta história!"

Na sua frente, o boletim de ocorrências da véspera. Dia da sua folga.

1 – Dona Eufrosina Mendes viera registrar o sumiço da cabra Mimosa. Bicho de estimação, criado como se fosse da família, dona Eufrosina estava inconsolável.

2 – O vigia de uma obra, com um enorme galo na cabeça, viera registrar o furto de tijolos, cimento, areia, etc. O infeliz, que atendia pelo nome de Severino da Silva, não soubera (ou não quisera, pensou Fonseca) dar nenhuma explicação sobre a origem do galo. Muito menos sobre o furto.

3 – Dona Magali Pimenteira e o sr. Cláudio Motta haviam chegado à delegacia numa patrulhinha. Vizinhos, ele criador de gatos, ela de cachorros, a guerra entre os dois era antiga e naquele dia haviam chegado às vias de fato. Fora necessária a presença da polícia para apartar a briga.

4 – A irmã de um doido inofensivo do bairro registrara o seu desaparecimento. João Pequeno, como era chamado, fora visto pela última vez, cinco dias atrás, perto da Praia dos Amores.

5 – O português Antônio Teixeira, dono da padaria Flor de Fátima, registrara o desaparecimento da imagem de Nossa Senhora de Fátima, que enfeitava a fachada da padaria. O homem estava revoltado.

Tudo besteira, coisa pequena. Por que tanta agitação?

Fonseca olhava o papel. Lia e relia pra ver se aquela tremedeira na batata da perna passava. Nada. O músculo continuava a se sacudir em espasmos. Sinal certo de encrenca.

Ouviu a voz alta do coronel Siqueira.

Armou-se de paciência para aturar o coronel da reserva, arrogante e detalhista.

Nos últimos dias, o coronel fazia três visitas diárias à delegacia. O motivo? O desaparecimento de uma grade velha, encostada há anos na garagem de sua casa, à espera de que alguém encontrasse uso para a bendita.

Ao que tudo indicava, a grade, finalmente, servira para alguma coisa. Mas, para desespero de toda a delegacia, não fora o coronel que a aproveitara. Um descuido *imperdoável*, como ele não se cansava de repetir para a mulher cabisbaixa. A porta da garagem ficara aberta e a grade se evaporara.

O coronel foi entrando, sem pedir licença.

A secretária do delegado, constrangida, veio atrás. Sacudiu a cabeça para Fonseca, num pedido de desculpas. Não conseguira conter o coronel.

O delegado fez um gesto com a mão, dispensando-a. Era um homem equilibrado e bom. Siqueira era um velho chato, mas ele já vira piores. Dava para aguentar.

– Ora vamos, meu caro! Uma grade sumiu. Uma *grade*! Um trambolho enorme e pesado. Coisa antiga, de valor. Ferro batido, sabe o que é isso? Não é propriamente uma coisa delicada, miúda, que gatuno possa enfiar no bolso. Quantos dias já se passaram? Onde está a eficiência da polícia? Por isso é que o país está desse jeito! No meu tempo...

O delegado Fonseca gemeu. A manhã prometia...

O coronel se exaltava cada vez mais, pintando um país ordeiro, de instituições sólidas, cheio de adjetivos antigos, que só existira na sua imaginação.

Fonseca balançava a cabeça, derrotado. E aquela tremedeira na perna que não passava...

Subitamente, deu um soco na mesa. Era isso! Grade, cabra, imagem, doido... Desaparecimentos demais!

O coronel, boquiaberto, calou-se. A arrogância, porém, foi mais forte do que a surpresa. Aprumou o peito e lançou um "Voltarei à tarde!", em tom de ameaça. Saiu da sala, de cabeça erguida.

Brincando de detetive

Dona Helena trouxe o vidro de geleia de morangos para a copa. Sentou-se e correu o olhar pela mesa farta do café da manhã. Deixou escapar um suspiro de satisfação.

Dr. Francisco, com a cara ainda amassada de sono, reclamou:

– Perdi a hora por causa desse cachorro maluco! Uivou a noite inteira, você não ouviu?

– *Beagles* uivam, querido... – dona Helena espalhava, calmamente, uma grossa camada de geleia na torrada.

O marido balançou a cabeça. Invejava a tranquilidade e o sono de pedra da mulher.

Felipe entrou na copa.

– O Biscoito também não te deixou dormir, Felipe? – o pai perguntou, solidário.

Felipe resmungou alguma coisa, os olhos fundos da noite de pesadelos.

O pai pegou o jornal.

– Eles continuam falando do assalto ao Banco Plano. Muita conversa fiada, mas nenhum resultado. Do dinheiro e das joias, nem sinal.

– Tia Dinah está arrasada. Todas as joias dela estavam no cofre do banco. Aqueles brincos da vovó, tão bonitos...

– Sua tia que vá tirando o cavalo da chuva, Helena. A essa hora, os ladrões já devem ter derretido tudo.

– Mãe, você me empresta a máquina fotográfica? Vou dar uma volta de bicicleta. De repente aparece alguma coisa bacana.

– Claro, Felipe.

– Mas nada de levar o Biscoito, hein? Enquanto ele não fizer o reforço da vacina de raiva, não quero que fique zanzando na rua – o pai se meteu na conversa.

Felipe disfarçou a contrariedade. Sem Biscoito, a investigação não seria completa.

•

Escondeu a bicicleta atrás de um mato alto e começou a subir a trilha. Perto da caverna, o tal grupo de arbustos mirrados. Seu posto de observação. Correu, meio agachado, para trás deles. O coração batia forte. Ficou alguns minutos parado, esperando que voltasse ao ritmo normal. Ajeitou a máquina no rosto, era difícil achar o foco. Os óculos atrapalhavam. Quando ia fotografar a caverna, ouviu um barulho.

Espremeu o corpo, ainda mais, contra os arbustos. Um homem estranho, de cabelos louros compridos, apareceu no final da trilha. Dirigiu-se à entrada da caverna, um ar aparvalhado no rosto. Passou a mão nos tijolos, como se não pudesse acreditar no que via. Depois, começou a esmurrar a parede, gemendo alto.

Felipe engoliu em seco. Tornou a colocar a máquina no rosto e tirou uma foto. Mais uma. O homem, sempre gemendo, dizia coisas sem sentido. A posição forçada começou a provocar câimbras em Felipe. Mudou o peso do corpo para a outra perna. Um galho seco estalou embaixo do seu pé. O homem deu um grito e desceu a trilha, desabalado. Felipe deu um tempo e depois foi se levantando, devagar. Não havia mais ninguém à vista. Começou a descer o morro e aí ouviu. Parecia um choro abafado. Vinha do lado da caverna. Perto dele, o mato começou a se mover. Nem olhou para trás, despencou morro abaixo, como se mil diabos o perseguissem.

Severino

Severino tomou mais um comprimido para dor de cabeça. O galo latejava sem parar.

O homem da polícia tinha olhado pra ele de um modo estranho, quando ele dissera que não sabia nada sobre o furto. Será que havia desconfiado? Não, não era possível. Todo mundo dizia que Severino tinha cara de sujeito honesto. E depois, ele fora até a polícia, fizera tudo direitinho. Ninguém podia provar nada contra ele.

O homem que se danasse, com aquela cara desconfiada!

Felipe e o homem louro

Felipe voltou pra casa numa disparada só. Os pesadelos da véspera correndo atrás dele. Havia alguém preso na caverna, não tinha mais dúvidas. E aquele homem esquisito, quem seria? Não sabia qual dos dois homens era mais assustador. O que fechara a caverna com os tijolos, ou esse de agora, gemendo e falando com a parede. Fosse quem fosse, ele devia saber o que a grade e a parede escondiam.

E o choro? Aquele choro parecia de criança. Felipe lembrou das revistinhas e da barra de chocolate, que vira dentro da caverna, com o coração apertado. A cabeça fervia. E se fosse um menino de rua, assim da sua idade, ou menor? Grade, parede, e o menino preso, chorando. Enterrado vivo! Enterrado não, emparedado, sei lá! No final dá tudo na mesma. Felipe pedalava, desesperado.

Tinha que fazer alguma coisa! Mas o quê?

– Vou voltar lá, de tarde!

Os cabelos louros, desgrenhados, caíam pela testa do homem, quase tapando os olhos. Ele estava debruçado numa lata de lixo, procurando alguma coisa que lhe servisse. Já estava mexendo nas latas há horas. Até aquele momento não havia dado sorte. Tinha que ser alguma coisa forte e pontuda. Afinal, deu um grito de alegria. Puxou de dentro da lata um pedaço de vergalhão. Enfiou numa mochila velha, junto com uma pedra chata.

●

O horário de verão encompridava o dia.

Felipe não usou a trilha. Vestira uma calça *jeans* para se proteger dos mosquitos, escondidos no mato alto. Foi subindo o morro, como um gato cauteloso, até chegar aos arbustos. Prendeu a respiração. O barulho, que vinha ouvindo, ficou explicado.

O tal homem de cabelos compridos estava quebrando a parede de tijolos. O trabalho era difícil, ele estava usando uma ferramenta estranha. Enquanto trabalhava, o homem cantava. Parecia uma cantiga de ninar. Felipe ficou apavorado. Aquilo tudo era mais um pesadelo. Só podia ser!

Um pedaço da parede caiu. Já dava pra ver a grade. Felipe fechou os olhos. Se alguma coisa aparecesse ali, ele desmaiaria! O homem parou de cantar. Felipe ia abrindo os olhos, quando ouviu o grito. Medonho. Cortando o silêncio. O homem olhava pra dentro da caverna.

Um choro alto, bem alto, começou. Esqueceu todos os planos e fugiu.

O homem baixo e atarracado se preparava para atacar o homem louro, quando viu o menino se aproximar, furtivamente.

Surpreso, resolveu esperar. Não queria testemunhas.

Quando o pedaço da parede caiu e Felipe correu morro abaixo, o homem atarracado saltou do seu esconderijo sobre o homem louro. Mas o louro tinha uma força surpreendente, lutava como um demônio e, com uma série de chutes, se livrou do agressor e fugiu.

O homem baixo e atarracado levantou-se com dificuldade, xingando. Desceu o morro e dirigiu-se a uma rua próxima em busca de um orelhão. Tinha que avisar o chefe que estavam com problemas.

Dona Eufrosina

O interfone tocou na sala do delegado Fonseca.

– O delegado Meirelles está na linha, querendo falar com o senhor.

Meirelles comandava a 13ª Delegacia. O assalto ao Banco Plano tinha sido na sua jurisdição.

Fonseca atendeu, curioso.

Quando desligou, chamou o seu pessoal.

– O Meirelles disse que a descrição dos assaltantes bate com a de alguns elementos do bando do Tiãozinho. Pediu nossa cooperação. Vocês sabem aonde ir. São estas as instruções: ...

Os detetives saíram a campo.

O delegado ficou sozinho, pensativo.

Os jornais estavam fazendo o maior estardalhaço em torno daquele assalto. Devia ter gente graúda, com cofre particular no tal banco.

Foi interrompido pela secretária.

– Dr. Fonseca, está aí uma velhinha querendo falar com o senhor. É por causa do sumiço de uma cabra... – hesitou.

– Sim, dona Rosa, e...

– É que ela estava tão desesperada, que eu fiquei com pena e disse que o senhor ia atender! – desembuchou a secretária, vermelha como um tomate.

– Tudo bem, dona Rosa. Mande a senhora entrar.

Dona Eufrosina sentou na cadeira em frente do delegado. Magra, seca, dava a impressão de que, se um vento a pegasse de jeito, sairia voando.

Fonseca lera tantas vezes aquele boletim de ocorrências, que o nome da cabra veio fácil.

– A Mimosa ainda não apareceu, dona Eufrosina?

A velha senhora desmontou. Caiu num pranto convulsivo.

Fonseca abriu uma gaveta, puxou uma caixa de lenços de papel e ofereceu a ela.

Dona Eufrosina se assoou com força.

O delegado esperava, tranqüilo, que ela se acalmasse.

Finalmente a história veio, em detalhes.

Enquanto escutava a velha, Fonseca sentiu a tremedeira na batata da perna voltar.

– Se o senhor fosse lá comigo, eu tenho certeza que encontrava a Mimosa! Descobria quem foi que roubou a minha bichinha! O senhor é tão bom, tão inteligente, tão...

Num impulso, interrompeu dona Eufrosina. Levantou, vestiu o paletó e saiu rebocando a velha, que de tão espantada ficou muda.

– Vamos lá, vamos encontrar a Mimosa! Dona Rosa, diga ao Ribas que assuma o meu lugar. Eu não demoro.

Só queria saber até onde aquela tremedeira iria levá-lo...

Biscoito e Mimosa

Felipe passara uma noite de cão!

Sentia-se envergonhado do papelão que fizera. Fugira como um bebê assustado, não havia feito nada para ajudar; nem ao menos sabia quem estava preso na caverna! Não conseguia parar de escutar aquele choro.

Quando o dia clareou, adormeceu, exausto.

Acordou com a mãe cantando. Deu um pulo na cama. Com alívio, lembrou que não tinha aula. Conselho de classe. Teria mais dois dias pra tentar resolver aquele caso.

Pegou a agenda e escreveu:

1º Levar o filme para revelar.

2º Vacina de raiva.

3º Voltar à caverna com Biscoito.

4º ????

Vestiu-se rápido. Passou voando pela cozinha, bebeu um copo de leite, pegou o filme e a coleira e ia saindo porta afora, quando esbarrou na mãe.

– Que que é isso, Felipe? Aonde você vai?

– Vou levar o filme pra revelar. Enquanto eles revelam, aproveito e levo o Biscoito pra tomar a vacina. O dr. Carlos Alberto tá hoje lá na clínica, não tá?

– Acho que sim. Puxa, você acordou animado!

Riu um riso nervoso, estalou um beijo no rosto dela e saiu para o jardim gritando: "Biscoito, aqui, Biscoito!".

Uma hora pra revelarem o filme! Uma hora! Tinha levado Biscoito à clínica, voltado, e nada das fotos!

O rapaz veio vindo com um envelope na mão.

– É o meu?

Era. Estavam ótimas. Não sabia como, mas havia conseguido. Lá estava o homem! Tão nítido que parecia coisa de fotógrafo profissional. Separou as fotografias da mãe. Azaleias, orquídeas, violetas... a mãe era louca por jardinagem. Guardou as suas na carteira. Tinha que lembrar de tirar os negativos do envelope quando chegasse em casa. Melhor esconder tudo embaixo do colchão. Podia ser uma prova importante.

Depois do almoço, a mãe colocando as fotos no álbum, aproveitou para sair sem muitas explicações.

– Tchau, mãe! Vou dar uma volta com o Biscoito.

Dona Helena deu um tchau distraído.

Pacientemente, o delegado examinava a cerca do pequeno jardim da casa de dona Eufrosina. A velha senhora pedira a um neto que trouxesse a corda com a qual prendia Mimosa, toda noite, a uma árvore. A ponta desfiada da corda parecia ter sido roída, não cortada. Isso e mais as tábuas quebradas que o delegado encontrou na cerca fizeram com que dissesse, olhando em volta:

– A senhora não me falou que morava perto de um morro, dona Eufrosina.

– E o que tem isso de mais?

– Cabras gostam de morros. Pedras, capim, essas coisas. A Mimosa deve ter fugido pra lá. Vai ver andava chateada, resolveu dar uma voltinha.

– O senhor acha mesmo que pode ter sido isso? Pensando bem, ela andava meio jururu...

– Garanto que foi isso. É só dar uma boa olhada por ali, e eu acho a fujona.

– *Nós* achamos, Dr. Fonseca. *Nós*!

– Mas vai ser muito cansativo pra senhora. Eu levo o seu neto pra me ajudar.

– Ih, seu delegado, a vovó é danada! O senhor vai precisar de fôlego pra andar atrás dela.

– Então, vamos lá!

Felipe subia a trilha com Biscoito. No meio do caminho, já começou a ouvir o choro. Baixinho. Como se o dono estivesse sem forças. Biscoito começou a uivar. Os dois chegaram à caverna, numa só arrancada.

Parte da parede estava no chão. A grade intacta. Felipe colou o rosto, tentando ver alguma coisa lá dentro. O choro continuava. Biscoito puxava a guia, rosnando. Queria continuar subindo. Felipe se impacientava:

– Aqui, Biscoito! Cheira aqui. É daqui que vem o choro, seu bobo!!

O cachorro parecia ter outra opinião. Continuava puxando, com toda a sua força. As patas da frente no ar. A coleira começou a enforcar Biscoito, Felipe resolveu fazer a vontade dele.

O *beagle* subiu, desembestado, farejando e uivando. De repente parou.

Felipe ouviu o choro, bem perto.

No meio do capim alto, um buraco. Fundo. Lá dentro, uma cabra marrom-clarinha. Berrando como uma criança.

O delegado Fonseca chegou ao buraco dois minutos depois. Subira o morro pelo outro lado. Vinha com o rosto vermelho, a gravata frouxa, meio de banda, e o paletó na mão. Dona Eufrosina, firme, ao lado do neto, alguns metros à frente, seguindo os berros da cabra, o coração em festa.

– É ela, dr. Fonseca! É a Mimosa!!

O delegado parou, sem fôlego. Os olhos fixos no menino e no cachorro.

Felipe olhava a cabra, apalermado. Então era isso! Uma cabra berrando, presa em um buraco. Não era choro nenhum. Mas e o resto? A grade, a parede, as coisas dentro da caverna, o homem de cabelos louros compridos, o outro, o da gargalhada... Pensava alto, sem se dar conta dos recém-chegados.

Fonseca se aproximou, a batata da perna pulando.

Dona Eufrosina, agachada, falava com a Mimosa. A cabra respondia, aos berros.

Conversando com o delegado

Sentados numa pedra, junto da entrada da caverna, o delegado e Felipe conversavam.

O resgate da Mimosa não fora muito difícil. Fonseca entrara no buraco com a ajuda de uma escada, trazida pelo neto de dona Eufrosina, e levantara a cabra. Os meninos se encarregaram de puxá-la para fora. Mimosa, fraca, porém sem ferimentos, voltara para casa conduzida pela velha senhora. Dona Eufrosina estava radiante!

Felipe sentia-se aliviado. Todos aqueles dias, carregando sozinho o peso de tantos mistérios, fizeram com que se abrisse facilmente com o delegado.

Contara tudo, desde o início. As primeiras visitas à caverna, com Biscoito e sozinho. A surpresa da grade, o fechamento definitivo da caverna (assistido do seu posto de observação), a gargalhada; depois o tal homem de cabelos louros compridos, o choro, a certeza de que havia alguém preso lá dentro.

Fonseca balançava a cabeça, fazia perguntas, encorajava o menino. Ele não tinha sido covarde, muito pelo contrário, não deveria era ter passado por tudo aquilo sozinho. Devia ter confiado nos pais, pedido ajuda. Mas podia compreender Felipe. Ainda se lembrava dos seus tempos de menino, de como às vezes ficava difícil explicar as coisas.

Examinaram juntos a entrada da caverna.

O delegado estava admirado com a descoberta do menino. Tantos anos trabalhando no bairro e nunca soubera da existência daquela caverna. Devia estar escondida pelo mato alto há muito tempo. Felipe era um menino esperto!

Tocou a grade com as pontas dos dedos.

Provavelmente, aquela era a grade do coronel. A descrição e a data do desaparecimento se encaixavam. Precisava trazê-lo para fazer o reconhecimento. Abriria, então, a caverna. Desvendaria o segredo que a parede escondia. A lanterna que Felipe havia trazido era mais fraca do que a que perdera. Não tinha sido de muita ajuda. De dentro da caverna, não vinha nenhum som. Se, realmente, alguém fora preso lá dentro, já estava morto. Não disse nada ao menino.

Descendo a trilha com Felipe, lembrou-se de Severino. Do furto dos tijolos, do galo que ele não soubera explicar. Iria à obra, levando o menino. Seria Severino o homem baixo e atarracado que Felipe vira do seu posto de observação?

Novas descobertas

O detetive Saldanha estava cheio de novidades.

Fora encarregado de ir à casa do coronel para convidá-lo a fazer o reconhecimento da grade.

– O senhor nem imagina quem foi que eu encontrei lá, trabalhando como caseiro.

– Fala logo, Saldanha! Desembucha, homem! – O delegado já nem dava bola para a tremedeira da perna. Pelo jeito, agora, viera para ficar.

– O Gato, delegado! Com a cara mais lavada deste mundo, cheio de referências falsas, levando o coronel pelo bico!

– E aí?

– Trouxe comigo, é claro! Há quanto tempo que a gente tá procurando esse pilantra? Tá aí no xadrez. Eu deixei pro senhor o prazer do interrogatório – fez uma pausa. – O coronel veio junto. Tá murcho, coitado... a mulher dele foi quem gostou. Ele ficava o tempo todo atazanando a pobre, com aquela história de descuido *imperdoável*.

– É. Ele deve estar "passado". Um bandido procurado, trabalhando na casa dele...

– Na maior, dr. Fonseca. Na maior!

– Leve o coronel até a caverna. Eu vou conversar com o Gato. Essa história está se complicando cada vez mais!

Felipe chegou em casa e foi direto para o quarto. Levantou o colchão. Não dava pra acreditar! Os negativos estavam lá, mas as fotos tinham sumido!

Olhou em volta, baratinado. O quarto estava uma bagunça. Tudo revirado!

Dona Helena apareceu à porta.

– Ah, Felipe, que bom que você chegou! Dá um jeito no seu quarto, por favor. Eu estou toda atrapalhada. A faxineira largou o serviço pela metade. Foi embora de repente, chorando. Uma coisa tão esquisita...

A faxineira! Só podia ter sido ela quem sumira com as fotos.

– Mãe, você viu umas fotos por aí?

– Fotos? Não, Felipe, não vi foto nenhuma.

– Onde é que essa faxineira mora? É muito longe?

– Não, é lá para os lados da Joatinga. Mas o endereço eu não sei. Por quê?

– Por nada. Só curiosidade.

Droga! Agora, o jeito era levar os negativos para o delegado. Ia atrasar ainda mais a investigação!

– Vai sair de novo, Felipe? E o seu quarto?

– Na volta eu arrumo, mãe. Não vou demorar. É conselho de classe, me deixa aproveitar!

– Tá bom, tá bom.

Chegando na delegacia, perguntou por dona Rosa. Instruções de Fonseca.

– O delegado está ocupado. Pode esperar aqui na sala dele. Fica à vontade, meu bem. Ele não vai demorar.

Não esperou muito. Logo, o delegado entrou, com a testa franzida. O Gato estava fazendo jogo duro. Confessara o furto da grade, mas havia alguma outra coisa. Com paciência, ele acabava entregando o serviço. O problema é que não havia muito tempo.

Felipe entregou os negativos, contou do sumiço das fotos.

Sumiços, sumiços! Aquilo não tinha fim!

Agradeceu ao menino. Marcou com ele a visita à obra, na manhã seguinte. Tornou a falar da necessidade de se abrir com os pais. Coisas muito graves estavam acontecendo! Felipe saiu impressionado.

O detetive Saldanha voltou, com o coronel. O pobre homem estava abalado. A grade era dele. *Incontestavelmente*! E o ladrão estivera o tempo todo bem embaixo do seu nariz...

Fonseca tomou as providências necessárias para a abertura da caverna. Seria na manhã seguinte. Queria estar presente, acompanhar tudo.

Reconhecendo um suspeito

Oito da manhã. Felipe entrou na delegacia, acompanhado pelo pai.

O delegado fez uma última recomendação ao detetive Saldanha e foi ao encontro dos dois.

Os homens trocaram um aperto de mãos.

No carro, indo para a obra, Felipe prestava atenção à conversa. A excitação dando lugar ao nervosismo, à medida que compreendia como era importante o seu papel. Reconhecimento de um suspeito! A única testemunha! Parecia coisa de filme...

Fonseca entrou na obra, sozinho. Mandou o mestre de obras chamar Severino. Queria mais algumas informações sobre o furto.

Severino veio, desconfiado.

O delegado, habilmente, foi conduzindo o vigia para a entrada. Não queria perturbar os operários, explicou ao mestre. O homem concordou, aliviado, e começou a gritar:

— Vamos lá, pessoal! Ao trabalho! Não está havendo nada de mais, é só interrogatório de rotina.

Os operários, que tinham parado tudo, voltaram a trabalhar, resmungando.

Felipe dentro do carro, estacionado em posição estratégica, espichava o pescoço.

Severino era baixo e atarracado, mas ele não tinha certeza se era o mesmo homem. Se ao menos ele desse uma gargalhada... A gargalhada sim, Felipe sabia que reconheceria.

O pai, ao seu lado, perguntou:

— E aí? É ele??

Felipe balançou a cabeça, desanimado:

— Não sei.

O delegado Fonseca conversava com Severino. O vigia respondia às perguntas com o rosto fechado, tenso. Nem sinal de sorriso, quanto mais de gargalhada.

Dali a pouco, Severino voltou pra obra.

O delegado esperou uns minutos. Limpou os óculos escuros, procurou alguma coisa nos bolsos, acendeu um cigarro e depois veio andando calmamente para o carro. Entrou e deu partida, calado.

Quando viraram a esquina, pareceu lembrar de Felipe.

— Deu pra identificar?

— Pior é que eu não sei, dr. Fonseca. Não tenho certeza. Lá do posto de observação, não dava pra ver direito a cara do homem...

— Não faz mal. Mesmo assim, vou botar alguém de olho nele. É muita coincidência.

— Ele deu alguma informação nova? — o pai perguntou.

— Não. Insiste naquela história de que não viu nada, não sabe de nada. Mas ele está assustado. Muito assustado, eu diria.

— E agora, dr. Fonseca? Aonde é que a gente vai?

— Vamos abrir a caverna, Felipe. Você não quer saber o que há lá dentro?

O menino fez que sim com a cabeça, um arrepio correndo pelo corpo.

Abrindo a caverna

Em volta da caverna, o cordão de isolamento afastava alguns curiosos.

A parede de tijolos tinha sido derrubada. Dois homens estavam terminando de soltar a grade, fixada firmemente na pedra. Assim que viu Fonseca, o detetive Saldanha se aproximou. Cochichou alguma coisa no ouvido do delegado, que balançou a cabeça, pensativo.

Uma última picaretada e a grade se soltou.

Entraram todos na caverna. Lá dentro, o ar abafado e úmido cheirava mal. Felipe apertou a mão do pai.

O delegado comandava o seu pessoal, que trazia metros e metros de fio onde lâmpadas fortes se penduravam.

Logo a caverna estava toda iluminada.

Felipe apontou para o colchão, com um dedo trêmulo. Alguma coisa se avolumava em cima dele.

Saldanha foi até lá, se abaixou, mexeu naquilo com um pedaço de pau.

– Um travesseiro e uns trapos velhos! – gritou.

O menino voltou a respirar, devagarinho.

Por toda parte, sinais. Uma vara de pescar, uma lata com iscas podres, pacotes de biscoito, de balas, revistas, algumas peças de roupa, a faca pontuda (agora com uma mancha escura...), garrafas vazias. E o dono daquilo tudo?

Felipe lembrou dos morcegos. Estavam tão quietos... Foi falar com o delegado.

Num canto da caverna, uns degraus cavados rudemente na pedra. Acesso ao segundo andar. Fonseca tentou subir. A água que minava das paredes tornava os degraus escorregadios. Desistiu. Mandou buscar uma escada.

Enquanto esperava, sentiu a batata da perna tremendo, se sacudindo, enlouquecida. O menino devia estar certo!

Subiu a escada, seguido por Saldanha, o mau cheiro cada vez mais forte.

Lá em cima, a surpresa!!

Um susto!

Dona Helena estava nervosa.

Já era uma e meia da tarde e nada! Nem sinal do marido e do filho. Nem um telefonema! Bem que ela tinha querido ir junto. Eles disseram que era bobagem, estava tudo sob controle, ia ser coisa rápida... Coisa rápida! Andava pela casa, ia até o jardim, voltava, uma agonia!

De repente, Biscoito começou a latir.

São eles! Chegaram! Correu para a porta.

No jardim, perto do canteiro de azaleias, um homem! Biscoito rosnava, pulando nas suas pernas. O homem, os longos cabelos louros caídos no rosto, começou a gritar. Gritos horríveis que a deixaram paralisada. Ficou lá, sem ação, vendo o cachorro persegui-lo, mordendo os seus calcanhares.

Quando, finalmente, conseguiu se mexer, já estava tudo acabado. Num salto de incrível agilidade, o homem pulou o muro e sumiu.

Biscoito ainda ficou latindo junto ao muro, furioso.

Dona Helena entrou, sentou no sofá, o corpo tremendo.

O tal homem louro de cabelos compridos de que Felipe falara. Só podia ser! Devia ter seguido o menino, e agora tinha vindo atrás dele!

Biscoito, que havia se calado, recomeçou a latir.

Dona Helena foi até a cozinha, passou a mão num enorme rolo de pastel e partiu para a porta. O rolo levantado, pronto para o ataque.

– Que que é isso, mãe? Ficou maluca?? – Felipe se encolheu.

– Ah, são vocês! Que susto!! – Dona Helena abaixou o rolo.

O marido olhava pra ela, sem acreditar no que via.

– Susto?! Você parte pra cima da gente, com um rolo de pastel, e você é que leva susto?

– É que eu pensei que fosse aquele homem!

– Que homem, Helena?

– Um homem louro, de cabelo comprido, que apareceu aí no jardim. Esquisitíssimo!!

– O homem louro! – Felipe gritou.

– Ele falou com você? Fez alguma ameaça? – O marido estava preocupado.

– Não, nada disso. O Biscoito avançou nas pernas dele, e ele fugiu. Dando uns gritos horríveis!! – Estremeceu.

– O delegado precisa saber disso! – Dr. Francisco foi andando para o telefone.

– Espera aí! E por falar em delegado, o que foi que aconteceu? Você disse que era coisa rápida...

– Conta pra tua mãe, Felipe. Eu vou telefonar e já venho.

Felipe contou.

– Quer dizer que era isso? Dólares e joias roubados dos cofres do Banco Plano... Tia Dinah vai vibrar! Mas e o dinheiro? E o mau cheiro, Felipe? Tinha mesmo alguém preso lá dentro? Estava *morto*?

– Eram os morcegos, mãe. Todos mortos, coitados.

– Os morcegos? E aquelas coisas todas que estavam lá?

O pai voltou.

– O dr. Fonseca disse pra termos cuidado. Ainda tem muita coisa sem explicação. Ele mandou buscar o vigia da obra, pra prestar depoimento; mas o tal homem louro ainda não foi identificado. Ele deve receber as fotografias a qualquer momento.

O amigo dos morcegos

Naquela mesma tarde, Felipe caminhava distraído, a cabeça cheia de perguntas sem resposta.

Tinha sido emocionante encontrar todas aquelas joias; descobrir por que a caverna havia sido lacrada.

Mas... e o amigo dos morcegos? Quem seria? Onde estaria? Jogado em algum buraco, assassinado pelos bandidos?

O menino se arrepiou com a ideia e com o cheiro esquisito que chegava ao seu nariz.

Olhou em volta e viu que estava bem perto da caverna. O cheiro vinha dos morcegos mortos, amontoados no meio do capim.

Se os pais soubessem que ele havia voltado lá, ficariam aborrecidos. Mas daquela vez não tinha sido de propósito. Fora até a caverna sem perceber.

Começou a dar meia-volta, resolvido a deixar as respostas por conta do delegado, como havia prometido. Foi então que ouviu o barulho. Vinha do lado de uma pedra alta, não muito distante dali. A tentação era grande, maior do que as promessas.

"Só vou dar uma olhadinha", jurou a si mesmo.

Rodeou a pedra e deu com o policial que Fonseca havia deixado vigiando a caverna. Amordaçado, amarrado, os olhos fechados e um fio de sangue escorrendo pela testa.

O grito do menino foi abafado pelo pano grosso, embebido em clorofórmio, que duas mãos fortes apertaram sobre o seu rosto.

Ainda tentou espernear, mas logo tudo se apagou.

Um homem rosnou sobre o seu rosto pálido:

– Te peguei, pivete enxerido!

Outro homem, que carregava dois sacos enormes, pisou com raiva os óculos de Felipe, caídos no capim. Desceu morro abaixo, dizendo:

– Traz ele, o chefe vai adorar.

O Chevette estava estacionado ali perto. Jogaram Felipe e os sacos na mala do carro e saíram cantando pneu.

Tiãozinho e Cicatriz

Tiãozinho, um homem enorme, verdadeiro "armário", como diria Felipe, sorria.

Esparramado num colchonete, o menino voltava a si. Estava enjoado, tonto, com o corpo todo dolorido. Se ao menos conseguisse lembrar o que havia acontecido...

Apertava os olhos míopes, tentando focalizar o homem à sua frente. Alguma coisa brilhava, no lugar onde devia ser a boca.

Tiãozinho se agachou junto do colchonete. Um bafo de cerveja bateu no nariz de Felipe, aumentando a vontade de vomitar. Tiãozinho ria alto, um riso cheio de dentes de ouro e maldade.

O ouro fez com que Felipe lembrasse de tudo. A caverna, as joias, o policial de olhos fechados, com o sangue escorrendo pela testa. Foi demais para o seu estômago...

Tiãozinho pulou para trás, xingando.

– Tira esse porco da minha frente! Mete ele num banho e depois me traz de volta!

Saiu se limpando com um lenço de seda.

Um sujeito gordo, com uma cicatriz cortando metade da cara, pegou o menino como se fosse uma pena e carregou pro banheiro.

O gordo jogou um pedaço de sabão no chão do chuveiro.

– Se lava direito pra tirar esse fedor! O chefe só gosta de torturar pivete cheiroso...

Felipe fingiu que não havia escutado. Tremelicando de pavor e frio, tentava raciocinar.

Estava nas mãos de bandidos! Devia ser a quadrilha que tinha assaltado o banco. Lembrou mais uma vez do policial ferido e a tonteira voltou. Sentou no chão.

O gordo pulou.

– Tô de olho, hein? Não te faz de besta!

Felipe levantou, se escorando na parede.

O homem estendeu um trapo pra ele.

– Te enxuga logo, neném. Tiãozinho não gosta de ficar esperando...

Enquanto o menino se enxugava e vestia a bermuda, o gordo brincava com uma faca enorme.

Felipe pensava em todos os sequestros que a televisão noticiava. Será que os pais haviam dado parte à polícia do seu desaparecimento? Que horas seriam? O banheiro não tinha janela, não dava pra saber se já era noite. Dissera à mãe que só ia dar uma voltinha, tomar um sorvete, voltava logo. O pai não era milionário, onde arranjaria dinheiro para pagar o resgate? Ou Tiãozinho não queria resgate nenhum e tinha outros planos pra ele?

"Tenho que dar um jeito de fugir!!"

– Deixa essa camisa aí, isso tá um fedor! – O gordo puxou o menino pra fora do banheiro.

Tiãozinho esperava na sala, rodeado por alguns homens.

– Senta ele aí, Cicatriz, e amarra os braços e as pernas. Assim... tá parecendo um embrulho de presente, de tão bem amarrado – deu uma risada. – Agora vamos conversar...

Felipe respirou fundo.

– Cadê o tal homem louro que estava lá na caverna junto com você?

– Eu não sei.

– Ah, não sabe... E quem é ele? Vai dizer que não sabe também?

– Não sei. Eu não sei quem é aquele homem! – Felipe suava frio.

– Que pena... Cicatriz, refresca a memória dele!

Cicatriz apontou a faca para Felipe.

– Posso? – Os olhos brilhavam.

O menino se encolheu, apavorado.

– Sangue faz muita sujeira. Começa com as cócegas – estendeu uma pena.

Cicatriz guardou a faca, de má vontade. Tiãozinho andava vendo televisão demais.

Pegou a pena e começou a passar na sola dos pés de Felipe. O menino se torcia, contorcia, desesperado. Cicatriz continuava.

– Para! Para!! – Felipe foi deslizando na cadeira, sufocando, já sem forças. – Para, eu falo... – disse num fio de voz.

Cicatriz estava boquiaberto. Não é que funcionava! Suspendeu o menino, colocando-o de novo sentado.

– Tô esperando. Começa a falar – Tiãozinho deu um tabefe na perna do menino.

Felipe botou a cabeça para funcionar. Tinha que inventar uma resposta rápido.

– Como é, vai falar ou não?

– Ele é do bando do Beto Medonho. O nome dele é Cabeleira.

– Beto Medonho? Nunca ouvi falar. Como é que ele soube da caverna? Algum dos meus homens virou a casaca? – Olhou em volta, com os dentes de fora.

Cicatriz e os outros olharam feio para o menino.

– Não, não. Quer dizer, não sei... – Se conseguisse que eles começassem a brigar, talvez ficasse mais fácil fugir.

– A gente acerta isso depois... – tornou a mostrar os dentes. – E você? O que que tava fazendo lá com a polícia?

Felipe começou a gaguejar. Cicatriz recomeçou a brincar com a faca.

Fonseca junta as peças

O detetive Saldanha trouxe o Gato até a sala do delegado.

Fonseca resolvera colocá-lo frente a frente com Severino. Apesar da informação, conseguida por Saldanha, de que o vigia não era fichado na polícia, estava certo que eles eram cúmplices.

Severino estava num canto da sala, a cabeça baixa, mudo.

O detetive mandou que ele se aproximasse e colocou os dois lado a lado, na frente do delegado.

O Gato e o vigia se examinaram pelo canto do olho. Voltaram a olhar para o chão, imperturbáveis.

Fonseca, atento a qualquer sinal de reconhecimento entre os dois, sentiu as suas suspeitas evaporarem. Já ia dizer alguma coisa, quando percebeu a semelhança. Ambos eram baixos e atarracados! A batata da perna tremeu. Fez um sinal para Saldanha, e o detetive saiu com Severino.

Estava na hora de apertar o Gato!

– Pode começar a "cantar". Você está mais do que enrolado! Tenho uma testemunha que viu você fechar a caverna. Assalto a banco! Juntando com todas as penas que você tem pra cumprir, vai apodrecer na cadeia!

– Pera aí, seu delegado!! Eu não assaltei aquele banco! Minha parte foi só fechar a caverna...

Fonseca estalou os dedos da mão, satisfeito. Ele tinha engolido a isca! Agora era deixar que "cantasse". Com um pouco de sorte, antes do final do dia, estaria com o caso solucionado.

•

Severino aguardava a sua vez de ser interrogado. Torcia as mãos grossas, suadas de nervosismo. Maldito delegado!

Quando finalmente foi chamado, estava um trapo.

Fonseca ficou olhando o vigia. Suor descendo pelo rosto, apesar da temperatura agradável, mãos trêmulas, olhos grudados no chão. O que estaria Severino escondendo?

– A situação está complicada para o seu lado, Severino. Acho melhor contar logo a verdade!

O homem foi desmoronando, os ombros curvados.

A história veio vindo, aos arrancos.

Tudo havia começado quando ele fora comprar cigarro na birosca. Depois de um dia de trabalho pesado, o convite do conterrâneo pra tomar uma cervejinha tinha sido uma tentação.

– Uma só! Uma só, que eu sou vigia de obra e tenho responsabilidade!

O outro havia dado risada. Nordestino era cabra forte, cerveja não derrubava ninguém!

Na conversa fiada, a garrafa de cerveja parecia não acabar nunca, o copo não esvaziava.

Já era tarde, quando haviam se despedido no portão da obra. Severino tinha entrado e ido logo se deitar. A cabeça pesada, cheia de cerveja. Ajeitara o radinho de pilha no ouvido. Música sertaneja, das boas. Logo estava dormindo, desmaiado.

Acordara com o galo cantando na cabeça. Levantara atordoado, o galo latejando. No meio de tanta dor, vira uns vultos saindo, carregados. Fora direto para o galpão de material, suando frio. O cadeado arrebentado tinha feito uma coisa ruim mexer com o seu estômago. Custara a arranjar coragem pra ver o prejuízo. No final das contas, poderia ter sido pior. Perto das coisas caras que o mestre de obras guardava no galpão, o que havia sumido era porcaria. Mesmo assim, se soubessem que ele tinha bebido, podia dizer adeus ao emprego!

– Eu preciso desse serviço, seu delegado! Sei que fui burro, caí direitinho na armadilha daquele desgraçado! Eu não podia ter bebido. A culpa foi toda minha! *Burro, burro*, agora vou ficar na rua. Nem família eu tenho aqui!

O delegado escutou Severino, sem dizer uma palavra. Não parecia impressionado com a aflição do vigia. Por fim, mandou que o levassem. Ficaria detido para averiguações.

Suco de maracujá

O coronel Siqueira estava sentado na varanda, com um copo de suco de maracujá na mão. A figura do desânimo.

– Não fica assim não, meu velho – a mulher tentava consolá-lo. – Como é que você podia adivinhar? O Paulo parecia tão correto! E depois, tinha ótimas referências.

– Paulo, Paulo... O "Gato", você quer dizer! Um ladrão, um criminoso foragido, cheio de condenações!

– Mas era um ótimo caseiro. Até dirigia!

– Claro, foi assim que carregou a grade, os tijolos, o cimento e tudo o mais. Dirigindo. Colocou tudo na *minha* caminhonete e levou. E eu lá na delegacia, reclamando da incompetência da polícia. A essa hora, devem estar todos rindo de mim!

– Que é isso, Siqueira? O delegado foi tão gentil!

– Foi, foi gentil. E é isso que me mata! O sorriso gentil dele, quando eu abri o quartinho de guardados e vi que todo o material que tinha sobrado da obra no canil havia desaparecido! Ele sorrindo tão *gentilmente*, e eu me sentindo um idiota!

– Bom, pelo menos o Pa..., o Gato, não assaltou aquele banco. Ele passou a tarde toda me ajudando nas compras do supermercado. Se ele tivesse participado do assalto, não sei como nós iríamos despistar os repórteres...

– Repórteres?! Você quer que o país inteiro ria de mim?

– Calma, meu velho! O delegado disse que a imprensa não vai saber que ele era nosso caseiro, nem nada...

– Ele é muito gentil!! – O coronel voltou a afundar na cadeira, tomando o suco em grandes goles.

Chegam as fotografias

– O Gato falou a verdade, Saldanha. Você precisava ver a cara do coronel quando abriu o tal quartinho. Pensei que o velho fosse ter um troço!

– Ele deve estar arrasado!

– Está. Dessa vez, perdeu todo aquele jeito arrogante. Sabe que eu até fiquei com pena dele?

– O senhor é bom demais, dr. Fonseca. Bom demais!

– Deixa disso, Saldanha. Vamos ao trabalho! A mulher do coronel confirmou que o Gato estava com ela no supermercado. Passaram a tarde inteira lá. Havia um monte de promoções, aquilo estava apinhado. Você conseguiu localizar o Meirelles? Avisou que o Gato entregou o esconderijo do Tiãozinho?

– Já, dr. Fonseca. Ele partiu pra lá, com o pessoal dele. Eles vão ser pegos de surpresa.

– É, se não fosse aquele menino, ia ser difícil botar as mãos nesses pilantras. Onde será que eles esconderam o dinheiro? Nós reviramos aquela caverna inteira...

– O Gato não deu nenhuma dica?

– Não. Bom, agora isso fica nas mãos do Meirelles.

– E o vigia, doutor? Já posso mandar soltar o homem?

– Pode, pode. Ele já sofreu bastante. Espero que tenha aprendido a lição.

– O senhor vai dedurar ele pro mestre de obras?

– Não. Mas vou ficar de olho nele. Nele e naquela obra. Não vou perdoar uma segunda vez.

Dona Rosa bateu na porta.

– As fotografias, dr. Fonseca. Acabaram de chegar.

Um pressentimento sinistro

Dr. Francisco guardou o carro na garagem, com um pressentimento sinistro. Estava tudo tão silencioso! Biscoito começou a uivar, piorando a sensação. Foi procurar o cachorro, inquieto.

Biscoito estava junto de uma moita alta de folhagens espinhosas. Ao ver o dono, começou a latir desesperadamente.

Dr. Francisco se aproximou. Atrás das folhagens, espremido contra o muro, um homem. O rosto arranhado, os cabelos louros revoltos, o olhar parado, sem expressão.

Com muita calma, o pai de Felipe tentou se aproximar. O homem se debateu, arranhando os braços nos espinhos, gritando. Gritos medonhos, de animal ferido.

"Esse homem é um doente, é louco! Onde estarão Helena e Felipe?" O medo apertou seu coração.

Como uma resposta ao seu pensamento, ouviu um grito abafado. Virou-se e viu dona Helena abrindo o portão.

– Helena, onde você estava? Cadê o Felipe??

Com o rosto muito pálido, o olhar preso ao homem louro, ela respondeu num fio de voz:

– Não sei. Ele saiu pouco depois do almoço, pra tomar um sorvete. Prometeu não demorar. Eu já procurei por toda parte. Ele sumiu... – De repente, começou a gritar. – O que esse homem está fazendo aqui?

– Calma! Calma!! Vai lá dentro e liga pro dr. Fonseca. Pede pra ele vir rápido!

Ela hesitou um momento e depois correu para dentro de casa.

Fonseca ligou a sirene do carro. A angústia que sentira na voz da mãe de Felipe apertava seu pé no acelerador.

A distância não era grande, em poucos minutos tocava a campainha.

Dona Helena abriu o portão.

– Onde está ele?

Ela apontou na direção da moita.

Na penumbra do anoitecer, o delegado viu dr. Francisco conversando com o homem louro. Aproximou-se. O pai de Felipe falava de modo tranquilo, repetindo as mesmas palavras:

– Saia daí. Ninguém vai lhe fazer mal. Confie em mim. Você está machucado, precisa de ajuda...

O homem chorava baixinho.

Dr. Francisco virou-se para o delegado.

– Ele está calmo, agora. Converse com a Helena, por favor. Felipe sumiu. – Havia medo nos seus olhos.

Fonseca levou dona Helena para a varanda. Fez-lhe várias perguntas e depois dirigiu-se com ela para a rua. Precisava usar o rádio do carro.

Ao aproximar-se do portão, ouviu o rádio chamando. Era Saldanha. Entrou no carro, colocou os fones de ouvido e escutou por um momento. Virou-se para a mãe de Felipe.

– Tem certeza de que ele não voltou à caverna? – Seu rosto estava tenso.

– Ele me prometeu que não voltaria lá! Ia só tomar um sorvete aqui perto.

O delegado virou de costas para ela. Passou ordens rápidas a Saldanha, numa voz muito baixa, Dona Helena só entendeu uma coisa: *alerta geral.*

Fonseca voltou para o jardim, disfarçando sua preocupação. Saldanha havia chamado para avisar que o policial deixado vigiando a caverna tinha sido encontrado, amarrado e ferido, pelo seu substituto. A seu lado, um par de óculos de grau, esmagado. Lembrou do rosto muito sério do menino, de óculos, conversando com ele na entrada da caverna.

"Ai, Felipe, Felipe... O que você foi fazer lá?"

Jogo de dardos

O grupo de policiais, comandado pelo delegado Meirelles, cercava a casa pequena, perdida no meio do mato.

A noite encobria seus movimentos cuidadosos.

Lá dentro, Felipe estava paralisado de medo.

Nunca havia usado tanto a imaginação. Cada vez que Cicatriz segurava a faca, inventava uma coisa nova para contar a Tiãozinho.

Haviam sido tantas mentiras, que começara a se embananar.

Tiãozinho estava desconfiado. Cicatriz e os outros, furiosos com as dúvidas que o menino tinha levantado sobre a lealdade deles.

— Fala mais sobre o tal Beto Medonho!

— Mas eu não sei mais nada. Já contei tudo...

— Cicatriz, o jogo de dardos. Vou praticar minha pontaria.

Cicatriz trouxe o jogo e colocou Felipe em pé, encostado na divisória de madeira compensada. Cheia de furinhos.

Tiãozinho era um vulto desfocado na frente de Felipe. Na mão, uma coisa brilhante, que veio voando em sua direção.

A porta do casebre se abriu com um estrondo. Os policiais entraram, apontando os revólveres. O menino desmaiou.

Últimas explicações

Dona Helena estava parada à porta do quarto de Felipe, olhando o menino, que dormia um sono agitado.

– Vem deitar, Helena. Ele está bem.

– Ah, Francisco, não dá pra acreditar que tudo isso aconteceu. Felipe sequestrado por bandidos, aquele pobre homem no nosso jardim... Parece um pesadelo!

– É, mas já terminou. Graças a Deus o delegado Meirelles chegou a tempo no esconderijo do Tiãozinho.

– Não quero nem pensar no que poderia ter acontecido – estremeceu. – Você tem certeza de que ele está bem? Está tão pálido...

– Foi a tensão nervosa, o susto. É natural. Amanhã ele já vai estar outro.

– Acho que vou tomar um chá de camomila. Ainda estou tremendo.

– É uma boa ideia. E depois vamos dormir, já é muito tarde.

•

– Que loucura, hein, dr. Fonseca? O senhor podia imaginar, quando foi ajudar dona Eufrosina, que ia ter um caso tão complicado nas mãos?

Fonseca lembrou da tremedeira na batata da perna.

– Eu tive um pressentimento, Saldanha. Um pressentimento...

– Como assim? Teve um sonho, uma visão? – Saldanha adorava esse tipo de coisa.

– Não foi nada, é bobagem. Esquece – cortou Fonseca.

O detetive, meio sem graça, mudou de assunto:

– Aquele menino escapou de uma boa. Se o delegado Meirelles demorasse mais um pouco...

– É, Tiãozinho é meio estranho, imprevisível. Aceitou a ideia do Cicatriz, de esconder a muamba na caverna, mas ficou grilado. Quando o Gato avisou que o homem louro e um menino estavam rondando a caverna, cismou que tinha sido traído. Ia fazer de tudo pra que Felipe falasse.

– E o dinheiro, delegado? Estava no esconderijo dele o tempo todo?

– Que nada, Saldanha! Nós marcamos a maior bobeira. Estava na caverna, escondido num buraco.

– Na caverna? Mas nós revistamos tudo!

– É, mas estava lá. Vou te explicar como foi. Cicatriz se escondia na caverna quando era menino. Conhece aquilo como a palma da mão. Quando chegaram lá e encontraram todos aqueles troços, Tiãozinho virou bicho. Cicatriz tinha dito que ninguém conhecia a caverna. Era muito arriscado sair procurando outro lugar àquela hora da noite. Cicatriz lembrou do buraco, que tapara com pedras há muitos anos. Destaparam e socaram os sacos de dinheiro lá dentro, depois tornaram a tapar.

– E o saco das joias?

– Esse sobrou. Levaram para o segundo andar da caverna. O Gato ia fechar a entrada na manhã seguinte, bem cedo. Resolveram correr o risco.

– Entendi. Então foi por isso que eles voltaram. Pra pegar o dinheiro. O senhor declarou aos jornais que só havia encontrado as joias.

– Isso mesmo. Eles tinham que agir rápido. Só não sabiam que o Gato estava preso, dando com a língua nos dentes.

– E como foi que eles souberam que Felipe era o menino de quem o Gato tinha falado?

– O "olheiro" que Tiãozinho havia mandado vigiar a caverna, depois do telefonema do Gato, estava lá quando nós abrimos a caverna. Viu Felipe chegando comigo. Foi ele quem sequestrou o menino.

– E por que o senhor deixou um homem vigiando a caverna? Teve outro pressentimento? – Estava louco para voltar ao assunto.

Fonseca fingiu não ter entendido.

– Ainda havia o dono daquele monte de coisas, que não fora encontrado. E o homem louro não tinha sido identificado. Seguro morreu de velho...

– O homem louro. O tal de João Pequeno, o doido desaparecido.

– Você fez um bom trabalho, Saldanha. A fotografia que a irmã dele havia deixado na delegacia era antiga e desbotada. Mesmo assim você o reconheceu.

– Sabe como é, delegado. A gente faz o que pode....

– O pai de Felipe esteve conversando com a irmã do João Pequeno. Não sei se comentei antes, mas o dr. Francisco é médico e se interessou pelo caso. Quer ver se há possibilidade de algum tratamento pra ele.

– Deve ter sido uma parada tomar o depoimento de um doido. Eles não dizem coisa com coisa! Afinal, o senhor descobriu por que que ele estava na casa do Felipe?

– Estava procurando pela irmã. Ela estava trabalhando na casa do Felipe, como faxineira.

– A irmã do João Pequeno? Trabalhando na casa do Felipe?

– Pois é. Quando os pais de Felipe se mudaram para o bairro, dona Helena precisou de uma faxineira. Alguém indicou a Celma, é esse o nome dela. A moça tinha uma boa aparência, bom gênio, trabalhava direitinho, a mãe de Felipe gostou. A Celma fazia de tudo para agradar. Tem sido difícil para ela arrumar emprego. Os moradores mais antigos sabem que ela tem um irmão doido, e ficam com medo. Dona Helena não sabia de nada. Era a sua grande oportunidade.

– Queria ver a cara da mãe do Felipe quando soube quem era o homem louro.

– É, as pessoas deviam tomar mais cuidado, antes de colocar gente desconhecida dentro de casa. Mas, com essa descoberta, tudo se encaixou. Havia sido a Celma quem dera sumiço nas fotos que o Felipe tinha tirado lá na caverna. Você pode imaginar o choque que ela levou quando foi arrumar o quarto do menino e encontrou as fotos embaixo do colchão. Ficou desesperada, pensando que o seu segredo tivesse ido para o espaço.

– Mas e o amigo dos morcegos, delegado? O senhor disse que tudo se encaixou. Ficou faltando descobrir quem é o amigo dos morcegos.

– Vamos ver se você adivinha, Saldanha. Só vou dar uma pista: dona Helena encontrou a lanterna japonesa, que Felipe havia perdido na caverna, no canteiro de azaleias.

– A lanterna japonesa, no canteiro de azaleias... Espera aí, já sei! Só pode ter caído do bolso do João Pequeno.

– Brilhante, Saldanha! Brilhante! É isso mesmo. João Pequeno é o amigo dos morcegos.

Um ano depois...

Felipe virava e revirava a lanterna japonesa na mão. Com o tempo, o medo e o sufoco pelo qual havia passado tinham se transformado numa lembrança desagradável. A lembrança de um pesadelo.

A caverna, agora transformada em ponto turístico, perdera o seu encanto. Mistério, aventura, só nos livros policiais que devorava.

A noite vinha caindo na estradinha poeirenta. A viagem fora agradável, mas um pouco cansativa. Estava com sono.

– Estamos chegando, Felipe – dona Helena se virou e sacudiu de leve o seu ombro.

O menino espiou pela janela. Estavam entrando numa cidadezinha.

– Fim de estrada, pessoal. Chegamos! Ah, que férias maravilhosas nós vamos passar aqui – o pai se espreguiçou ao volante. – Ar puro, comida saudável, temperatura gostosa, todo esse sossego...

O carro atravessava as ruas tranquilas, bem arborizadas, de casas cuidadas.

De repente, Felipe deu um grito:

– Para, para! Olha aquilo ali!!

O pai, assustado, freou.

Uma casa abandonada, caindo aos pedaços, as janelas pregadas com tábuas. Na entrada, uma placa:

Construção condenada! Não se aproxime! Perigo!!

– O que foi, Felipe? É só uma casa condenada.

– Mas eu vi uma *luz* lá dentro e uma *sombra* passando! Vamos ver o que é!!

– Ah, essa não, Felipe! Começar tudo de novo? Esquece essa casa, hein? *Não inventa*!

O pai deu partida no carro.

Felipe, todo virado pra trás, olhava a tal luz, mudo. Apalpou o canivete no bolso da bermuda e passou a mão na cabeça de Biscoito.

"Vou dar uma olhada naquilo, amanhã mesmo!"

O cachorro começou a uivar.

A autora

Nasci e me criei no Rio de Janeiro, onde vivo até hoje.

De criança apaixonada por livros de histórias, passei a menina que encontrava em seus escritos o alívio para as emoções desencontradas da adolescência. Escrevia para mim mesma, sem pensar em me profissionalizar, escrevia por compulsão.

O tempo passou; tornei-me professora, casei, tive quatro filhos e a literatura foi ficando meio de lado. Sobrava muito pouco espaço para olhar para dentro, na roda-viva dos meus dias.

Em 1990, afinal, passei a me dedicar à literatura como profissão. Meu primeiro livro, publicado em 1991, chamava-se *O problema do Godofredo* e, atrás dele, outros vieram. São hoje, dezoito livros que me trazem muitas alegrias e novos amigos: os meus leitores.

O estranho caso da caverna surgiu da curiosidade que uma caverna na Barra da Tijuca despertou em mim. Foi o estímulo perfeito para dividir com vocês minha paixão por histórias policiais. E, como às vezes acontece, o herói desta história colou em mim, pedindo novas aventuras.

O resultado? Mais dois livros, para quem gostar deste: *Férias de arrepiar* e *Pesadelo na neve*. Divirtam-se!

Graziela Bozano Hetzel

Entrevista

Um belo dia, Felipe deu de cara com uma caverna bem perto de sua casa. Que aventura descobrir o que ela escondia! Piratas, fantasmas, tesouros...?! E a autora desta história, o que poderá nos contar? Que tal ler a entrevista para saber?

VOCÊ FOI UMA CRIANÇA OBSERVADORA E CURIOSA? QUE SITUAÇÕES DO COTIDIANO MAIS CHAMAVAM A SUA ATENÇÃO?

- Sim, muito curiosa e muito observadora. Tudo que fugia à rotina, que parecia sem explicação, mexia com a minha cabeça.

EM QUE VOCÊ SE INSPIRA PARA CRIAR HISTÓRIAS DE TANTAS AVENTURAS?

- A inspiração vem do dia a dia, de fatos reais, de notícias de jornal.

NA SUA OPINIÃO, AS CRIANÇAS, MESMO AS QUE VIVEM EM CIDADES GRANDES, COMO FELIPE, CONTINUAM EXERCITANDO A CURIOSIDADE?

- Creio que sim. Crianças serão sempre crianças: curiosas e criativas.

QUAIS SÃO OS INGREDIENTES NECESSÁRIOS PARA DAR EMOÇÃO ÀS HISTÓRIAS DE AVENTURAS?

- Um pouco de mistério, um pouco de suspense e uma pitada de fantasia.

VOCÊ, QUE PASSOU A INFÂNCIA NO RIO DE JANEIRO, SENTE QUE A CIDADE ESTÁ MUITO DIFERENTE HOJE?

• Completamente diferente, e não poderia ser de outra maneira, o mundo nunca mudou tanto em tão pouco tempo. Diferente, mas sempre maravilhosa.

COMO A VIOLÊNCIA NO RIO DE JANEIRO SE REFLETE NO IMAGINÁRIO INFANTIL?

• Infelizmente, traz uma dose muito grande de insegurança e medo. Isso se reflete no culto a super-heróis que, muitas vezes, são também terrivelmente violentos.

AS CIDADES GRANDES NÃO ESTÃO SE TORNANDO CENÁRIOS CADA VEZ MAIS HOSTIS PARA A FANTASIA E A IMAGINAÇÃO?

• Acho que não, pelo contrário. Talvez, até, sejam cenários onde imaginação e fantasia são absolutamente necessárias para se conseguir viver.

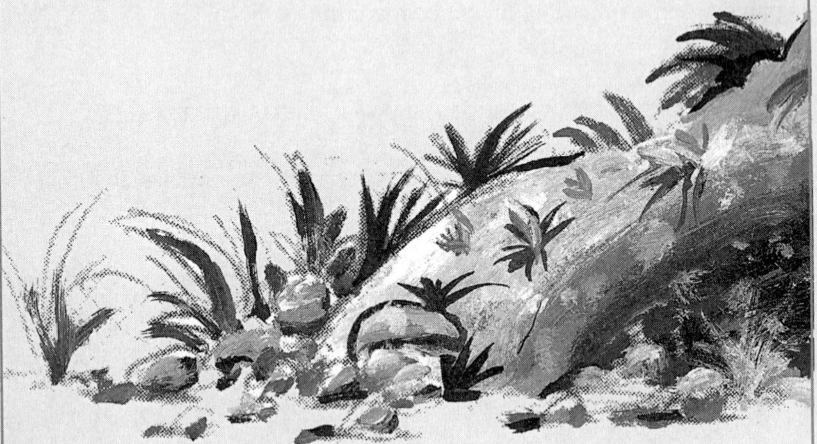